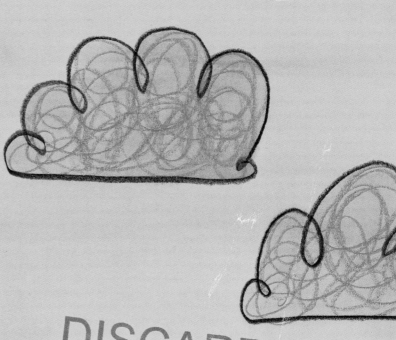

A Chef, Kikki, Pomme y Titán,
para que no se olviden nunca.
L. M.

Título original: Maman arrive...
Traducción del francés: Patric de San Pedro
Primera edición en castellano: febrero de 2015
© 2014, Kaléidoscope, París, Francia
© 2015, de la presente edición, Takatuka SL
Takatuka / Virus editorial, Barcelona
www.takatuka.cat
Maquetación: Volta disseny - www.voltadisseny.com
Impresión: El Tinter, empresa certificada
ISO 9001, ISO 14001 y EMAS
ISBN: 978-84-16003-30-3
Depósito legal: B 1581-2015

Mamá ya viene...

Texto de Zaza Pinson

Ilustraciones de Laure Monloubou

TakaTuka

La mamá de Lisa es una auténtica despistada.
Cuando no anda buscando las gafas, son las llaves
que ha olvidado en la puerta de casa o es el monedero en la panadería.
A veces incluso se olvida del asado en el horno.

Y con los paraguas no hay nada que hacer: siempre los pierde.

humedad sobre cabellos rizados

Antes de empezar la escuela, a Lisa le hacían mucha gracia los olvidos repetidos de su mamá (que la cubría de besos cuando le encontraba las llaves).

Pero ahora ya no.
Desde que fueron a un centro comercial a comprar una cartera.

¡Una mamá que ha olvidado a su hijo!
¡Una despistada! ¡Como la mamá de Lisa,
que seguro que no se acordará nunca de ir a buscarla
a la salida de la escuela!

A Lisa le entraron unas ganas tremendas de llorar.
Se pasó el camino de vuelta aferrada a la mano de mamá.

Antes de partir hacia la escuela, Lisa intenta poner buena cara...

... pero a la salida, la angustia se apodera de ella.

TIC-TAC-TIC-TAC

dimitri   marga   juana   lisa   arnau   moha   marian   julia

¡Lisa! ¡Ahí está tu madre!

Al llegar a casa, Lisa se sienta en la mesa de la cocina a dibujar mientras su madre prepara la cena.

Al día siguiente, la angustia sigue presente.
Le ha impedido dormir bien por la noche,
y le impide caminar por la mañana.

el lobo se abalanzó sobre la abuela...

h...

¡Maestra!
¡Pis!

Caperucita roja

... No consigo animarla. Ni con su cuento preferido.

A la salida de clase,
la maestra habla con la madre de Lisa.

Por la noche, después de una buena cena (no chamuscada) que Lisa apenas ha tocado, su familia insiste:

¿Qué te pasa, Lisa?

Una tarde te olvidarás
de venir a buscarme...

...a la escuela y te estaré esperando tanto rato que se hará de noche y todo el mundo se marchará y me quedaré completamente sola, muerta de frío, ¡¡y seguro que, entonces, vosotros ni me echaréis en falta!!

"Pero, cariño mío...
Puede que yo sea despistada, pero jamás
de los **JAMASES**
me podría olvidar de irte a buscar
a la escuela. ¡Ni por asomo!
Sabes perfectamente que eres mi pequeño tesoro.
¡Y una no se olvida de su tesoro!"

Al día siguiente, después de la escuela...

"Eh... cariño... perdona,
pero no podemos pasar por
la panadería a por tu merienda...
no sé dónde he metido el monedero..."

¡Ji, ji!